东坡之东十年诗存

人生到处

刘旭东 著

江苏凤凰文艺出版社

图书在版编目（CIP）数据

人生到处：东坡之东十年诗存 / 刘旭东著. — 南京：江苏凤凰文艺出版社，2018.9
 ISBN 978-7-5594-2549-2

Ⅰ.①人… Ⅱ.①刘… Ⅲ.①诗集－中国－当代 Ⅳ.①I227

中国版本图书馆 CIP 数据核字(2018)第 163217 号

书　　　名	人生到处：东坡之东十年诗存
著　　　者	刘旭东
责 任 编 辑	姚　丽
助 理 编 辑	姜艳冰
出 版 发 行	江苏凤凰文艺出版社
出版社地址	南京市中央路 165 号，邮编：210009
出版社网址	http://www.jswenyi.com
印　　　刷	南京台城印务有限责任公司
开　　　本	880×1230 毫米 1/32
印　　　张	10.875
字　　　数	270 千字
版　　　次	2018 年 9 月第 1 版　2018 年 9 月第 1 次印刷
标 准 书 号	ISBN 978–7–5594–2549–2
定　　　价	39.80 元

（江苏凤凰文艺版图书凡印刷、装订错误可随时向承印厂调换）

海螺沟日照金山

李兵画

飞雨千尺碧湍情

包信源画

西风自有东风手

佘玉奇画

绿树荫浓夏日长
过雨荷花满院香
陆越子画

花蔓宜阳春

高建胜画

诗韵江南
晏明画

雾满山岗

刘明泰画

此地甚好

青山桥人摄

寂静之声
陆庆龙画

平湖山色　巩孺萍画

自 序

东坡诗云:"人生到处知何似,应似飞鸿踏雪泥。泥上偶然留指爪,鸿飞那复计东西。"

自十年前开通博客以来,吾每有诗作均发于其上。今日得闲,汇集于此,得诗三百余首。诗三百,一言以蔽之,乃工余之小唱,泥上之指爪耳。

何谓诗?古往今来,言人人殊。《毛诗序》说:"诗者,志之所之也。在心为志,发言为诗。"严羽《沧浪诗话》说:"诗者,吟咏性情也。"雪莱《诗辩》说:"诗是最快乐最良善的心灵中最快乐最良善的瞬间的记录。"以上诸种,最得吾心。

诗,是精神的升华,是心灵的放飞,是对现实的超拔,是对平庸的抗拒,是对生命宽度的最好拓展。

吾初写新诗,继写旧诗。而立之后,旧诗为主。旧诗重格律,讲究平仄,合韵,对仗,拗救。形式成了主义,很容易让人陷入泥潭。吾以为汉语固有平仄，音律之美天成。然以普通话为标准的现代汉语，已不具备执行严格格律的前提，尤其平仄是无法严格讲究的。某些平仄字词，粗调一下即可。但既写诗，对仗、押韵，还是必需的。这就是扬弃。吾在大学里曾经研习过平仄的规律，但多年下来，大多还给老师了。并且，吾以为，幸亏忘了这些清规戒律，否则，诗兴涌来，就会被扼杀在萌芽状态之中了。

诗，重在比兴，重在意象，重在趣味。倘无此三要素，则堕于打油诗了。所幸吾常有诗兴，使自己从庸常的生活中跳脱开来，愉悦起来。今读此集，或有未尽脱打油之嫌者。然，一首诗，一张景片，连缀起来，人生之风景，不亦养心乎！

是为序。

目录 CONTENTS

上卷　行旅足迹
辑一　吾人流连已忘归

三　丁酉秋日独步牛首山桃花溪口占
四　丁酉十月初八，阳光明媚中走牛首山南禅林路占得
五　秋走牛首山即景
六　丁酉岁暮金陵大雪后，走牛首山即景
七　丁酉秋日到白马湖森林公园，见菊花盛开花香四溢，情不自禁，占得
八　牛首山佛顶寺问
九　夜宿宜兴芙蓉山庄
一〇　游本溪水洞
一二　丙戌岁末游前湖述怀
一三　参观南京地质院海百合惊讶无语

一四	丁酉秋访江宁云水涧占得
一五	癸巳夏日游谷里大塘金口占
一六	同学三十一载会于浙江新昌望海云雾茶园有感
一七	下关小桃源口占
一八	石湫创意园占得
一九	穿岩十九峰龙谷有感
二〇	柯岩叹奇
二一	吼山吼
二二	太行行
二三	启东寅阳观江海交汇,默然良久
二四	过海安老坝港紫菜场
二五	赞太湖龙柏
二六	卜算子　鼋头渚
二七	淮安里运河有感
二八	丁酉秋过淮安白马湖
二九	甲午端午上午游褒禅山
三〇	广电城鸟瞰有感
三一	雨中游溱湖

三二	盐城感叹
三三	重游溱潼
三四	丁酉秋过大丰荷兰花海口占
三五	石臼湖特大桥赞
三六	苏州石湖
三七	西江月　春到石湖
三八	丙申仲春访通州记感
三九	丙申夏,观扬州弹词包伟专场得长短句
四〇	丙申春日扬州看天津市曲艺团演出
四一	昆山千灯印象
四二	蝶恋花　春燕——为苏州评弹试作儿歌
四三	夜宿东太湖闻苦厄鸟叫有感
四四	秋游杭州
四五	淳安一湖水
四六	杭州楼外楼小酌
四七	重游杭州
四八	雨中西湖
四九	观杭州宋城千古情歌舞成韵
五〇	到绍兴

五一　咏绍兴大香林中国桂花王

五二　绍兴八字桥口占

五三　游建德占得

五四　义乌有感

五五　横店行

五六　普陀山

五七　婺源印象

五八　五一访宣城归来成韵以备忘

五九　步行六尺巷占得

六〇　谒文和园

六一　游桐城文庙

六二　瞻铁研山房

六三　武夷九曲溪放排

六四　登武夷山天游峰兴起

六五　武夷山茶

六六　己丑冬日赴福州飞机舷窗所见

六七　忆日多温泉

六八　丽江吟

六九　登玉龙雪山

七〇	夏日游漓江
七一	北戴河听涛
七三	赞张家港
七四	上华山
七五	初到延安
七六	谒黄帝陵
七七	观秦始皇马车
七八	登大雁塔
七九	壶口瀑布
八〇	谒悬空寺
八一	瞻平遥县衙
八二	登平遥古城
八三	游五台山
八四	谒云冈石窟
八五	登应州木塔
八六	游晋祠
八七	雨中登天门
八八	游张家界
八九	西昌掠影

九〇　九寨有大美

九一　海南尖峰岭南天池赞

九二　蜈支洲潜海

九三　二游蜈支洲

九四　南海观音

九五　天涯海角口占

九六　儋州吟

九七　海南龙沐湾叹

九八　海南尖峰岭占得

九九　赞赛里木湖

一〇〇　阊门吟

一〇一　题夏塔河石

一〇二　霍尔果斯口岸

一〇三　那拉提云杉赋

一〇四　那拉提赴特克斯途中吟

一〇五　喀拉峻小令

一〇六　特克斯河叹

一〇七　八卦城感

一〇八　昭苏即景

一〇九	夏塔古道
一一〇	伊犁河
一一一	伊犁河谷有感
一一二	伊犁将军府口占
一一三	飞别伊犁
一一四	围场印象
一一五	伤避暑山庄
一一六	锡林郭勒盟纪游
一一七	辛卯夏日登翠屏山
一一八	闪游哈尔滨口号
一一九	到呼和诺尔
一二〇	满洲里问
一二一	登台湾
一二二	阿里山
一二三	日月潭
一二四	经太鲁阁到花莲

辑二 白发良驹知何在

一二七	丁酉秋日谒青岛康南海故居占得
一二八	丁酉生日镇江访梅庵派古琴五柳社

一二九　西施山感占

一三〇　印山越王陵记

一三一　丁酉仲秋谒木栅徐渭墓

一三二　丁酉仲秋谒王阳明墓

一三三　丁酉秋谒宋六陵

一三四　丁酉仲秋瞻余姚王守仁故居

一三五　丁酉秋到白驹谒施耐庵纪念馆

一三六　河姆渡纪闻

一三七　谒海门张謇纪念馆

一三八　八公山谒刘安墓占得

一三九　寿城叹

一四〇　寿县安丰塘口占

一四一　谒廉颇墓

一四二　泗水怀古

一四三　谒常州东坡园

一四四　丁酉春谒李瑞清先生墓,感其"嚼得菜根,做得大事"占得

一四五　谒富厚堂

一四六　谒昭关伍相祠

一四七　访胡适故居拟胡氏"希望"诗

一四八　谒独秀园

一四九　访阎锡山故居

辑三　梁园虽好非吾乡　　一五三　谒罗丹故居

一五四　谒毕加索故居述怀

一五五　谒巴尔扎克故居

一五六　瞻雨果故居

一五七　观巴黎奥塞博物馆

一五八　初到里昂

一五九　过阿维侬

一六〇　加德水道桥

一六一　艾克斯镇备忘

一六二　由卢卡城发车即景

一六三　夜宿比萨卢卡镇,不能深眠,成四句以述游欧心态

一六四　罗马斗兽场感怀

一六五　罗马闻黄鹂

一六六　赋罗马伞松

一六七　观柏林墙

一六八　德国途中感占

一六九　走马德累斯顿

一七〇　柏林酒馆小酌即兴

一七一　飞抵法兰克福

一七二　到华沙

一七三　丁酉春冰岛行

一七五　再游曼哈顿

一七六　冬至夏威夷

一七七　哈佛印象

一七八　闪游波士顿

一七九　加州中夜索句所得

一八〇　好莱坞摄影棚惊艳

一八一　马里兰访友

一八二　忆游环球影城

一八三　到阿姆斯特丹

一八四　游爱琴海

一八五　至雅典

一八六　佛罗伦萨

	一八七	暮投比萨
	一八八	重游威尼斯
	一八九	乍见尼斯
	一九〇	米兰遇雨
	一九一	戛纳电视节
	一九二	摩纳哥有感
	一九三	步李白韵别新西兰
	一九四	罗托鲁瓦
	一九五	罗托鲁瓦杜鹃
	一九六	奥克兰伊甸山口占
	一九七	漫步黄金海岸
	一九八	游墨尔本得二十韵
	一九九	到悉尼
下卷 岁月感怀	二〇三	春日偶感
辑一 海棠无香胜有香	二〇四	甲午岁末立春
	二〇五	丙申春初天气骤变占得
	二〇六	丁酉迎春小唱
	二〇七	丁酉春夜偶感

二〇八　丙申春分阴历十二望月戏题

二〇九　丙申春日见香樟花开即兴

二一〇　天净沙　洗月池边

二一一　鹧鸪天　丙申春分惜春

二一二　丙申春日沙洲途中占得

二一三　春鸟

二一四　临江仙　丙申清明

二一五　乙木清明归乡途中口占

二一六　甲午清明

二一七　甲午乡中清明

二一八　甲午春日口占

二一九　山居即景

二二〇　乙未清明

二二一　春日口占

二二二　贺戊子端午

二二三　己丑端阳设问

二二四　贺庚寅端午

二二五　丙申端午回乡有感

二二六　丙申立夏即兴

二二七　丁酉立夏小唱

二二八　丙申苦夏

二二九　夏令小食

二三〇　贺丁亥中秋

二三一　联对贺己丑中秋

二三二　贺庚寅中秋

二三三　辛卯中秋打油

二三四　乙未中秋打油

二三五　丙申中秋台风大雨金陵不见月有感

二三六　乙未初秋台风后晨兴口占

二三七　癸巳秋日遇雨

二三八　夜雨静坐

二三九　乙未秋冬连阴积郁有感

二四〇　天破矣

二四一　丙申末秋，连降豪雨，因以联句问天

二四二　丁酉初冬寒潮乍至，彻夜大风，晨兴占得

二四三　入冬有感

二四四　癸巳冬至小唱

二四五　乙未腊月值雪即景

二四六　丁酉腊月,四九大雪,夜坐有所思

二四七　甲午腊九和儿

二四八　贺已丑新岁

二四九　新年感怀

二五〇　贺庚寅新岁

二五一　仿李白诗贺壬辰年元宵

二五二　丙申换岁歌

二五二　咏竹

二五四　咏桂

二五五　问梅

二五六　鹁鸪三章

二五七　腊梅　元旦试笔

二五八　和李亮海棠诗

二五九　乙未迟桂花

二六〇　题螺纹铁　别江苏教育台

二六一　晚樱

二六二　秋葵歌

二六三　采椒歌

二六四　木棉赞

	二六五	乡中见荞麦花开有感
	二六六	海安食鱼
	二六七	紫茉莉
	二六八	咏睡莲
	二六九	牛首山石蒜花口占
	二七〇	牛首山见喜鹊口占
辑二 君子一诺动我怀	二七三	读晏明先生画有叹
	二七四	题陆庆龙先生画
	二七五	题刘明泰先生画
	二七六	题包信源画
	二七七	赠李兵
	二七八	读《乡村捕钓》赠刘春龙
	二七九	观高建胜画展
	二八〇	陆越子画展赞
	二八一	刘明泰画赞
	二八二	贺佘玉奇《人间至味》画展
	二八三	戏题巩孺萍画
	二八四	长春会友

二八五　十年前湘友赠紫苏诗补记

二八六　友人寄茶

二八七　赠友

二八八　送友人赴故乡任职

二八九　戊子秋，同仁相聚南通占得

二九〇　题青山桥人所摄

二九一　悼郭晓峰兄

辑三　回味愈觉真味在

二九五　南京沦陷七十六周年祭

二九六　南京陷落八十周年祭

二九七　生日打油

二九八　五更辨鸟

二九九　用杜工部韵咏三十年同学会

三〇〇　丙申端午回乡即景

三〇一　邻居赠乌米饭即兴

三〇二　丁酉孟夏，邻友送枇杷尝鲜占得

三〇三　早餐记兴

三〇四　丙申春初感冒谢诸友

三〇五　丙申春初感冒

三〇六	世界杯有感
三〇七	庚寅岁末和李亮
三〇八	癸巳春日与旦旦唱和，被指和诗文酸，颇觉在理
三〇九	和旦旦
三一〇	调寄渔家傲，拟李清照词戏题霾
三一一	丙申正月初一乡中有感
三一二	在法国尼斯闻沱江大桥垮塌伤亡逾百扼腕切齿
三一三	自台返宁经停澳门遇台风受阻于机场
三一四	跋

上卷 行旅足迹

辑一 吾人流连已忘归

丁酉秋日独步牛首山桃花溪口占

左岸三叠瀑,右堤五色花。
白鹭时时起,彩蝶纷纷下。
雨后桃溪阔,风来玉臂滑。
新秋试新园,快意似快马。

2017年10月9日

丁酉十月初八，阳光明媚中走牛首山南禅林路占得

一路山林皆有禅，松竹花石任点染。
小雪尤觉春正盛，人生难得是清欢。

2017年12月5日

秋走牛首山即景

风催桂子一山香,浅呼深吸皆芬芳。
难怪秋色惹人醉,秋虫仍作夏虫唱。

2016 年 9 月 25 日

丁酉岁暮金陵大雪后，走牛首山即景

雪落金陵天地白，众鸟飞绝一鹭来。
四顾苍茫无栖处，行客见此黯中怀。

2018年1月6日

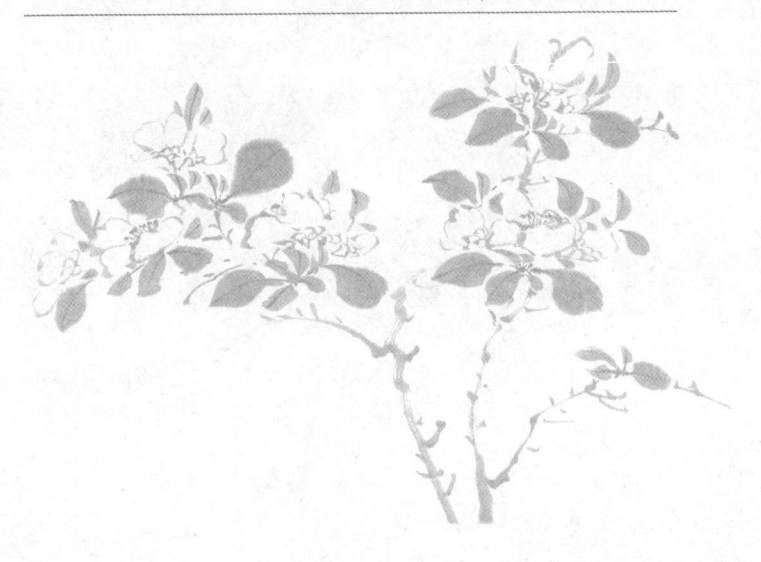

丁酉秋日到白马湖森林公园,见菊花盛开花香四溢,情不自禁,占得

枫红好似花千树,陶令可在此中住?
东篱未必须采菊,悠然送目白马湖。

2017 年 10 月 24 日

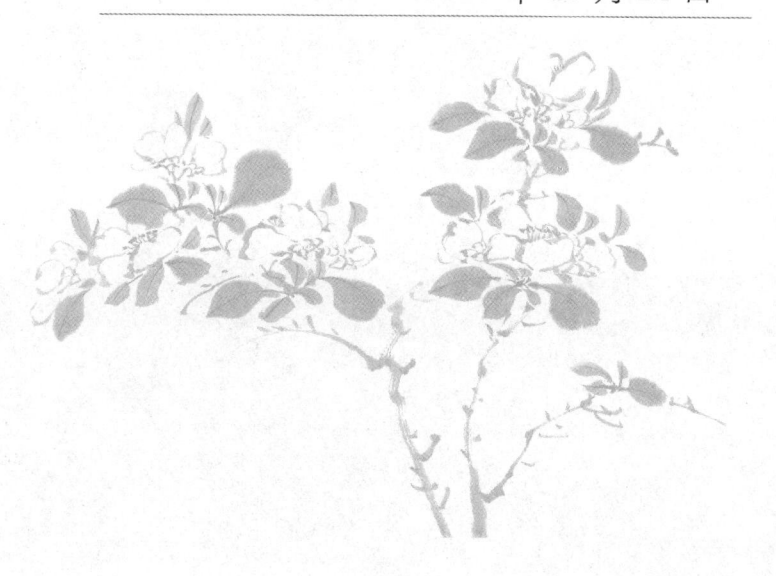

牛首山佛顶寺问

佛门清修地,天阙藏新寺。
可知百年后,谁人来加持?
　　　　　2015 年 11 月 15 日

夜宿宜兴芙蓉山庄

东坡到阳羡,欣然欲买田。
我宿芙蓉山,怡宁不知醒。
五更闻山鸟,犹疑秋虫鸣。
转觉东窗白,旭日自多情。

2008 年 9 月 20 日

游本溪水洞

造化何神奇,水洞藏山底。
万年人不识,风光待盛世。
洞深六千米,曲折景亦异。
舟轻水流急,目接人迷离。
或为李白笔,或为玉皇帝。
或为象戏水,或为牛回睇。
或为望儿石,或为笋蜕皮。
如来讲经堂,观音又送子。
石蛙成玉鸽,转眼堪称奇。

洞若广寒宫，嫦娥需添衣。
抬头蒙古包，不见牛羊低。
骋目未有尽，洞奇景更奇。
文人捧江山，古来皆如此。
我今游本溪，焉能不留诗！

2008年3月14日

丙戌岁末游前湖述怀

紫湖叠童山,白日照古城。
风过叶伤枝,客至鸟惊魂。
人间辞旧岁,青丝添雪痕。
生来心易劳,老去意难伸。
遥怜桩前牛,低吟慰平生。

2007 年 12 月 26 日

参观南京地质院海百合惊讶无语

摇曳海百合,何故能定格?
虽然化为石,恰似水中荷,
亿年惜生姿,一瞬惹凝眸。
有感难言说,小诗且承颂。

2008 年 9 月 27 日

丁酉秋访江宁云水涧占得

天生一个云水涧,心旷神怡水云天。
远山平湖谁作画?恰似宋元山水间。

2017 年 10 月 15 日

癸巳夏日游谷里大塘金口占

一山花薰衣,万众踵接梯。
明知是香草,却疑紫云起。

2013 年 5 月 13 日

同学三十一载会于浙江新昌望海云雾茶园有感

望海云雾任嵯峨,茶园远望似黛螺。
同学难会登临意,白首青山从何说?

2017年9月29日游

下关小桃源口占

城内行色何太急,城外桃花尽芳菲。
常叹城内不知春,谁知城外皆春晖!

2011年4月13日

石湫创意园占得

西横山下白鹭飞,桃红柳绿兰亭会。
谁家新楼起高冈,吾人流连已忘归。

2011年4月12日

穿岩十九峰龙谷有感

两山夹峙石成堆,龙谷流石不流水。
谁念天崩地裂后,大难居然得大美。

2017年9月29日游

柯岩叹奇

何处矗玉杵?近看是云骨。
镂石塑弥勒,合掌拜尊佛。
开山作画屏,引水成鉴湖。
果真采石场?天工叹不如!

2017年10月2日

吼山吼

残山剩水夺天工,鬼刻神镂我词穷。
依依秋风吼山绕,阵阵桂香千年同。

2017 年 10 月 3 日游

太行行

一山壁立能撑天,千仞之上可摘星。
举头只觉太行高,低头更贵平常心。
2017年6月22日于安阳返南京之高铁

启东寅阳观江海交汇，默然良久

寅卯初日出，江海一时新。
天地有大美，沙鸥觅锦鳞。

2016年9月11日

过海安老坝港紫菜场

君知紫菜香,可知紫菜场?
接种文蛤壳,出苗寄渔网。
九月撒海田,春夏收获忙。
半载细浪南黄海,千家万户滋味长。

     2015 年 10 月 4 日

赞太湖龙柏

老干若龙枝托云,一树芬芳气如薰。
风神磊落脱尘俗,疑是九天谪仙人。

2016 年 7 月 20 日

卜算子　鼋头渚

我来岂为客？湖山本无主。
果真路远无轻担，且当歇肩处。
纵目水接天，驰神有若无。
但羡乳燕上下飞，谁知觅食苦？

2016 年 7 月 23 日

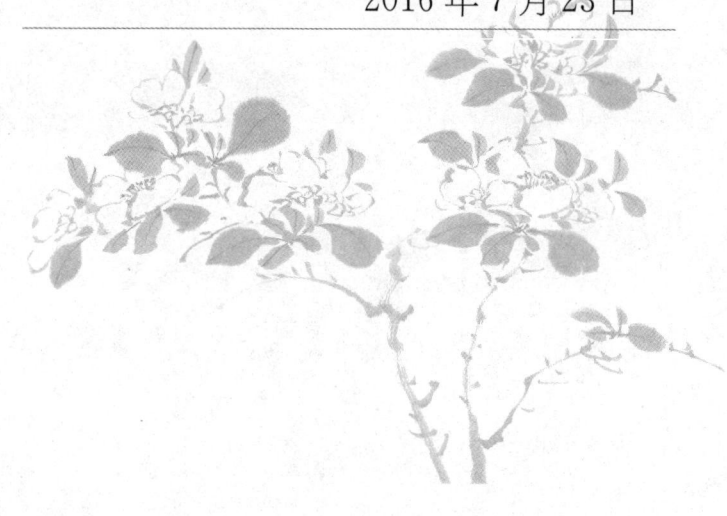

淮安里运河有感

盈盈一水连江淮,灿灿千灯织玉带。
两岸歌舞犹肖楚,几人能记吴夫差?

2015 年 9 月 17 日

丁酉秋过淮安白马湖

去岁初到白马湖,一片工地飞尘土。
今秋又见白马湖,天蓝水阔变通途。
明年再来白马湖,民宿酒店任君住。
主人言之有得色,乡村振兴不含糊。

     2017 年 10 月 24 日

甲午端午上午游褒禅山

不期而遇游褒禅,华阳洞中藏奇观。
更幸荆公志未尽,留得妙文捧江山。
2014年6月2日

广电城鸟瞰有感

俯视玄武水,平眺紫金顶。
九华成覆盆,北极叠青饼。
台城隐旧堤,柳烟笼翠屏。
长江系玉带,三桥通天堑。
金陵登新高,古来几人见?

2009 年 5 月 7 日

雨中游溱湖

丑牛四月，余冒雨游溱湖，恍如回到幼年故乡，触景生情，不胜唏嘘。

溱湖四望绣成堆，蒹葭青青鹭鸶飞。
旧时主人今日客，故园堪忆几梦回。

2009 年 5 月 2 日

盐城感叹

丙申处暑到盐城,见一片新城感叹不已。

黄海有幸缀明珠,流光溢彩是盐都。
四顾高楼拔地起,谁人再识旧盐渎?

2016 年 8 月 22 日

重游溱潼

唐槐能吟诗,宋茶可入词。
溱潼人不识,恍然是梦呓。

2011 年 4 月 17 日

丁酉秋过大丰荷兰花海口占

曾到荷兰观花海,郁金香中久徘徊。
常叹斯美难再得,谁知转入大丰来!

2017 年 10 月 11 日

石臼湖特大桥赞

东南有巨浸,大名石臼湖。
水肥多鱼蟹,岸浅秀菰蒲。
浩波无片帆,长桥架通途。
一车任驱驰,半瞬连吴楚。

2016 年 4 月 4 日

苏州石湖

一边青山一边楼,一湖春水一湖柳。
范公归来不肯去,昔年湖东是平畴。

2016 年 3 月 14 日

西江月　春到石湖

轻飏一岸新柳，惊起两行野凫，
携来春风到石湖，此山居士曾住。
长桥年年串月，吴宫凄凄作古，
赢得佳人怕天妒，陶朱空留蠡墅。

2016 年 3 月 14 日

丙申仲春访通州记感

烟雨霏霏到崇州,江尾海口云悠悠。
千年滩涂难极目,故乡邻乡遍地楼。

2016 年 4 月 23 日

丙申夏，观扬州弹词包伟专场得长短句

边弹边说边唱，亦嗔亦痴亦狂。
上下五千年，纵横经八荒。
五行八作皆入戏，惟妙惟肖神飞扬。
开篇清曲多妩媚，弹词更诉衷肠。
好似扬州明月光，味道正宗维扬。

2016 年 5 月 17 日

丙申春日扬州看天津市曲艺团演出

腰无十万贯,何敢下扬州?
扬州有旧游,引我上戏楼。
听书又赏曲,有诗不用酒。
曲艺分南北,南北皆风流。

2016年3月26日

昆山千灯印象

悠悠吴水一千墩,亦镇亦城亦乡村。
千年石板千年塔,高楼林立听蛙声。

2016 年 5 月 12 日

蝶恋花　春燕

——为苏州评弹试作儿歌

冬去春来春燕归，南风万里直朝旧巢飞。
旧巢已破要修补，燕儿衔泥双双回。

春燕回来檐下飞，万里春风春光多明媚。
晴天补巢不怕苦，风雨来时才无畏。

2016 年 5 月 16 日

夜宿东太湖闻苦厄鸟叫有感

早岁惯闻苦厄声,不知鸟语代人言。
今夜太湖闻苦厄,谁知声声难入眠。

2016 年 5 月 6 日

秋游杭州

湖光山色一城收,造化何故私杭州?
可怜游人皆过客,满目风光不能留!

2007 年 10 月 19 日

淳安一湖水

淳安一湖水,衬得千岛秀。

层峦疑是云,碧水恰似绸。

金风润桂香,秋日逼眉皱。

我愿作长居,谁愿随吾后?

2007 年 10 月 20 日

杭州楼外楼小酌

山外青山楼外楼,故人相见情更稠。
一饮十觞亦不醉,西湖暖冬胜金秋。

2008 年 11 月 17 日

重游杭州

三面青山一面楼,西湖东边是杭州。
三十一年如逝水,湖山依旧人白头。

2014 年 5 月 10 日

雨中西湖

微雨细诉湖添乱,白云轻抚山生烟。
画中诗情谁赋得?鸥鸟翻飞水连天。

2014 年 5 月 11 日

观杭州宋城千古情歌舞成韵

九月杭州满桂香，宋城歌舞留客赏。
良渚先民传神奇，断发文身开篇章。
忽然三千五百年，大宋南迁当汴梁。
宫中艳舞看不厌，高胸蛮腰逗君王。
沙场激战凭生死，铁马金戈夺城墙。
江山依旧主人非，西湖大美万代光。
更有白蛇幻佳人，许仙非仙焉能藏。
法海镇妖雷峰塔，金山水漫水荡荡。
最美梁祝翩翩舞，双双化蝶成绝唱。
春山春茶村姑忙，龙井芬芳天下扬。
一台歌舞千载梦，时光隧道无暗场。
千年一瞬恍惚间，唯愿不变是茶香。

2007年10月21日

到绍兴

久慕越中多斯文,文气贯天干青云。
今日一识会稽山,他年长作绍兴人。

2011 年 9 月 18 日

咏绍兴大香林中国桂花王

千年老桂花犹嫩,细蕊浓香非金粉。
嘉树本应月宫住,何辜谪入此凡尘?

2017年10月2日游

绍兴八字桥口占

丁字河口八字桥,绍兴城中景致老。
石壁石樑石墩柱,千年风雨任逍遥。

2017 年 10 月 3 日游

游建德占得

谁家好山水,赢得天下美。
千岛浮翠螺,万顷流玉髓。
无波不知深,未饮已觉醉。
我来游建德,愿留不愿回。

2008 年 11 月 18 日

义乌有感

颜乌背土以葬父,群乌衔土助颜乌。
咀喙受伤亦不顾,秦置乌伤唐义乌,
从此大名天下呼,代有贤才光如注。
宾王讨武传檄书,海瑞罢官吴晗著,
更有陈望道,首译共产宣言书。
我闻大名来义乌,义乌何如名商乌!
城内城外皆商铺,万国客商满城布。
农人变商人,田主成财主,
大街小街跑财富,大车小车如穿梭。
富虽富,心少助,
门对门,户对户,防盗栅栏柱接柱。
家家门窗防歹徒,屋中牢中人疑殊!

2008年10月

横店行

横店藏深山，千年人不知。
一朝开天目，游人密如织。
山川本依旧，人力堪传奇。
清明上河图，越中展丽姿。
巍巍秦王殿，故宫有新址。
金陵佳丽地，桃源近咫尺。
创业靠创意，贵在能落实。
十年磨一剑，谁人能再拭？

2010 年 3 月 27 日作于途中

普陀山

炎炎秋日到普陀,森森古樟映香火。
佛国本是清幽地,摩肩接踵唤奈何!

2011年9月17日

婺源印象

千岁香樟村边生,半山馥郁气自醇。
枝繁叶茂遮老屋,不见当年栽树人。

2010年11月18日

五一访宣城归来成韵以备忘

我随春风来,到此已入夏。
一日成两季,四时几度花。
泾县晒宣纸,白云生山洼。
云岭大夫第,翻作铁军家。
久慕敬亭山,相看无牵挂。
新登谢朓楼,不见雁南下。
宣酒能消愁,三杯目飞霞。
匆匆宣城游,应接不自暇。

2010 年 5 月 3 日

步行六尺巷占得

桐城六尺巷,宰相让民墙。
佳话颂千古,高节感愚柱。
人间不平事,皆因少礼让。
礼让行天下,天下其同光。
2009年10月8日补记于揽翠苑

谒文和园

桐城有龙眠山，山上有张廷玉墓。张廷玉，为康熙雍正乾隆三朝宰相，居官50年，谥文和，其富贵寿考为有清之最。张墓名文和园，前有照后有靠，左右青山似扶手，状似太师椅，俗称"金交椅"。远山如笔架。园内有雍正御笔石刻："调梅良弼""赞猷硕辅"。己丑仲秋，携妻谒之。

龙眠山上卧良弼，龙眠山下水成溪。
生为衡臣谥文和，宰辅三朝史称奇。
良弼一卧二百年，岂料"文革"遭鞭尸。
造反有理理何在，鞭尸满门皆成尸。
或云苍天终不欺，世道人心自天理。
生前为民谋福佑，胜过身后金交椅。

2009年10月7日于揽翠苑

游桐城文庙

天下文章出桐城,有清一代尽师承。
考据实畏文字祸,义理兼得精气神。
一方水土一方人,山川形胜能化文。
我闻大名心驰久,今日圆梦不虚寻。
2009年10月6日补记于揽翠苑

瞻铁研山房

安徽怀宁有巨石山,山下有铁研(砚)山房,为清代篆刻大家邓石如所居,其六世孙邓稼先在此出生。

巨石山下筑铁砚,千年一出邓稼先。
累世书香源金石,一门英气岂地灵。
两弹元勋功在国,三生矢志情动天。
民族立世赖雄杰,谁敢欺我请试剑。
2009 年 10 月 6 日补记于揽翠苑

武夷九曲溪放排

不游九曲溪,枉然到武夷。
竹排一川走,青山两岸移。
玉女临清流,曾惊老朱熹。
双乳峰下过,船工戏相嬉。
人性果低俗,圣愚皆如此。
呜呼好山水,几人得真意?

2009 年 12 月 21 日

登武夷山天游峰兴起

跃上天游八百台,群峰只当脚下踩。
碧水绕山送轻筏,青天悬日放异彩。
丹霞壁立待画才,云窝雾散任风来。
此身虽作吴间客,他年可投武夷怀。

2009年12月21日

武夷山茶

春采新叶秋亦佳，除却武夷不是茶。
知味最数大红袍，岩上生根香天下。

2009 年 12 月 21 日

己丑冬日赴福州飞机舷窗所见

俯瞰东南绣成堆,层峦叠嶂尽翠微。
闽江岸边野人家,可知客从天上飞?

2009年12月20日

忆日多温泉

己丑冬游丽江束河,忽然想起在西藏日多温泉光景,信口占得。

日多温泉光淋漓,水如琉璃肤如脂。
藏民烫熟藏鸡蛋,至今余香在唇齿。

2009 年 11 月 12 日

丽江吟

莽山四围聚高台,闲云八方任剪裁。
何处平地幢幢屋,为有活水汩汩来。
千家鳞次万户开,一队马帮三石踩。
宋代街市今日景,回眸一瞬八百载。

2009 年 11 月 11 日

登玉龙雪山

飞车直上四千五,天光如浴人如酥。
俯视冰川仰摘月,玉龙在侧神佑吾。

2009 年 11 月 9 日

夏日游漓江

谁持彩笔当空画？漓江山水甲天下。
群山成峰不成岭，倚着青天万年斜。
一江流玉又流芳，绕过山脚未有涯。
泼墨点染皆杰作，鬼斧神工难比划。

2008 年 7 月

北戴河听涛

一

我　望洋兴叹
你　对岸生悲
谁说你是大海的呼吸
在我听来
分明是一声又一声叹息
一次又一次冲击
多少亿年了
总无法越过大堤

二

你的毅力
你的意志

你的坚定
一次又一次扑击
尽管每次都撞得粉碎
仍然九死而不悔

三

岸　永恒的守望
海　不竭的追求
也许本就是无解的方程式
却不知宿命地对峙
爱，原来就是一种过程

2008 年 8 月

赞张家港

三十年前一沙洲,谁施魔法遍地楼?
诗意栖居中国梦,百姓笑傲旧王侯。

2015年11月3日

上华山

二十年前爬黄山,一步登上白云间。
而今有志攀西岳,无奈半道即折返。
韶华易逝催人老,所幸腰腿尚称健。
他年若有登临意,唯愿气平不用搀。

2008 年 10 月 16 日

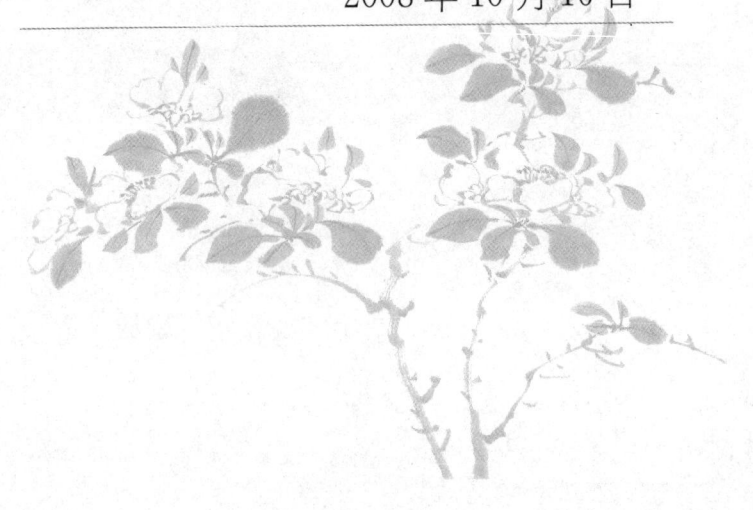

初到延安

戊子秋,吾始有延安之行。一路不见黄土,只见青山,疑为江南,欣喜得诗。

早年识字知延安,革命圣地梦中还。
岭山巍巍伫宝塔,延河滔滔淌石滩。
而今圆梦行千里,梦中黄土成青山。
千沟万壑翠满目,果香枣甜人倍馋。
窑洞有马列,民心是秤杆。
改天又换地,伟业耀人寰,
向使域中皆如此,
春风常度玉门关。

2008年10月14日

谒黄帝陵

古柏森森黄帝陵,四面青山坐中庭。
沮河送水可养龙,汉武筑台欲登仙。
人文始祖出少典,华夏元脉延万年。
我来寻根乘车马,应念轩辕功在先。

2008 年 10 月 15 日

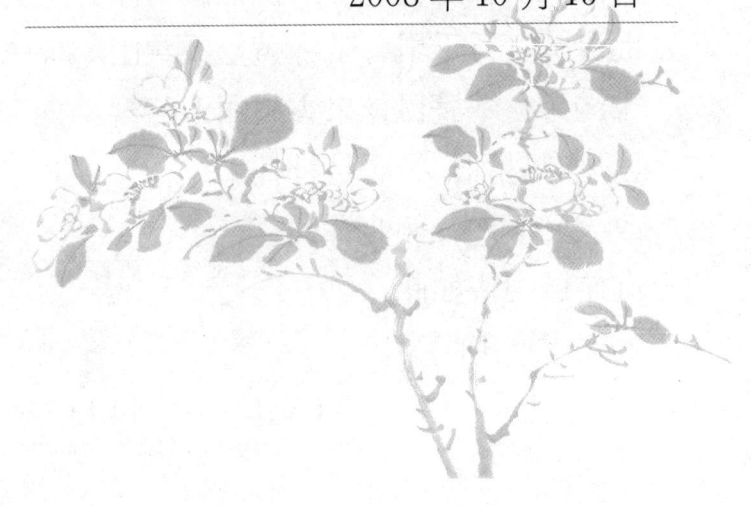

观秦始皇马车

秦始皇马车多项技术领先世界,惜不传于世,愤而有诗。

嬴政马车旷世稀,金银焊接千年谜。
青铜车顶薄如翼,伞柄暗锁藏暗器。
可怜巧匠遭灭口,神技失传天下唏。
坑灰未冷心已冷,从此重虚不重实。
谁说始皇功盖世,罪莫大焉无伦比。
万劫不复人神怨,二世而亡是天理。

2008 年 10 月 16 日

登大雁塔

千年大雁塔,今日始登临。
开怀大唐风,纵目天竺景。
终南名士旧,曲江丽人新。
长安名利场,幸有佛澄清。

2008年10月17日

壶口瀑布

黄河之水何处来,为有天壶杯中泻。
飞流直扑溅珠玉,陡岸耸立送抱怀。
泥沙俱下奔沧海,呼啸远去不复睬。
对此无语思良久,诗人兴会难言猜。

2008 年 10 月 14 日

谒悬空寺

悬空寺坐于北岳北门,建时离地一千五百多米,因山洪冲积,峡谷渐高,历一千五百多年,仍有五十多米。山前仰望,倍感奇妙。

何处飞来悬空寺,吸在半山待天梯。
太白到此呼壮观,我曰巧工当神奇。
但哀大匠未入史,可恨重虚不重实。
一寺包容儒释道,谁人能解其中异?

2009 年 7 月 19 日

瞻平遥县衙

平遥县衙为当今国中保存最为完好之县衙,步行其间,恍若隔世耳。

平遥县衙世无双,起于元代饱风霜。
麻雀虽小五脏全,左右两侧列六房。
西厢深牢东官仓,前厅审案后品芳。
县令虽小官家阔,谁人不想坐大堂?

2009 年 7 月 20 日

登平遥古城

西周黄土明时砖，三千余载定方圆。
墙头茑萝年年绿，不知沧桑是何言？
　　　　　　　　2009年7月21日

游五台山

五台山为佛教圣地,藏汉佛教皆聚于此,成天下奇观。

大乘小乘聚五台,度人度己皆如来。
前尘今世又来生,青山处处隐佛怀。

2009 年 7 月 19 日

谒云冈石窟

云冈本无奇,石窟艺惊世。
北魏善造像,袈裟披皇帝。
宗教笼民心,胡人穿汉衣,
种瓜能得豆,佛陀岂有意!

2009 年 7 月 20 日

登应州木塔

九层木塔看似六,天下闻名古应州。
斗拱飞檐不用钉,神乎其技无人后。
桑乾河水送柚木,契丹神工显身手。
栉风沐雨越千年,再过千年可堪忧?

2009 年 7 月 20 日

游晋祠

晋祠原为晋国开国诸侯唐叔虞祠。叔虞乃周成王之弟，其母乃武王之妻，素有贤德，世人改祀之，奉为圣母，至今香火不断，有求必应。晋祠有泉名难老，千年汩汩，唐柏宋槐，参天蔽日。

谁家泉难老？晋祠水长注。
武王有贤妻，百代奉圣母。
水长德更长，千载祀香火。
唐柏犹庇荫，雕龙尚绕柱。
宋俑亦如生，姿态各自殊。
到此不虚行，晋中多幽处。

2009年7月17日

雨中登天门

雨中登天门,极目皆浮云。
青峰三两出,黛螺海上生。

2009年4月11日

游张家界

己丑孟春,余游湘西,叹为观止。

奇山异峰不足怪,只恨词穷人少才。
四顾美景道不得,梨白桃红湘女腮。
武陵源,张家界,
天子山,袁家寨。
山高树为峰,云深天留白。
愧我诗尽难尽意,纵有神笔难出彩!
  2009 年 4 月 9 日吟于金鞭溪畔

西昌掠影

青山四围一天镜,邛海孔雀竞开屏。
花团锦簇三角梅,夜来难数满天星。

2012 年 4 月 1 日

九寨有大美

九寨有大美,欲说愧无言。
雪山万仞立,亘古不变迁。
流云常相抚,殷情千万年。
树披五彩衣,水碧好似天。
明知在人间,却疑有神仙。
五彩池,孔雀海,
树正瀑,珍珠滩,
王母九天遗宝镜,飞流湍玉看不厌。
今日识得九寨美,使我一生开心颜!

海南尖峰岭南天池赞

南国天池藏深山,九转十回见真颜。
问伊哪得美如许,只为流云常相探。

2016年1月3日

蜈支洲潜海

海底世界真奇妙,鱼儿穿梭珊瑚礁。
忽有蛙人来相探,抱歉抱歉打扰了。

2005年4月9日

二游蜈支洲

小小蜈子洲，三年两回游。
海风拂青椰，老树结酸豆。
浪高涛如吼，沙白滩似绸。
小礁敢称岛，远客不宜留。

2007年11月23日

南海观音

南海南边再无山,南海观音伫此间。
众人膜拜我听涛,天籁梵音谁能辨?
　　　　　　2007 年 11 月 23 日

天涯海角口占

天外有天到天涯，不信天尽天无涯。
海角一点竖褐石，大浪千年淘白沙。
峻岩壁立树生根，远波细涌人不察。
谁言此地临绝境？极目回首均为家。

2007 年 11 月 22 日

儋州吟

冬日到儋州,早晚凉似秋。
海风涤浊肺,路人疑故旧。
植被有夷夏,境俗无分流。
天下果大同,何处复可游?

2007 年 11 月 21 日

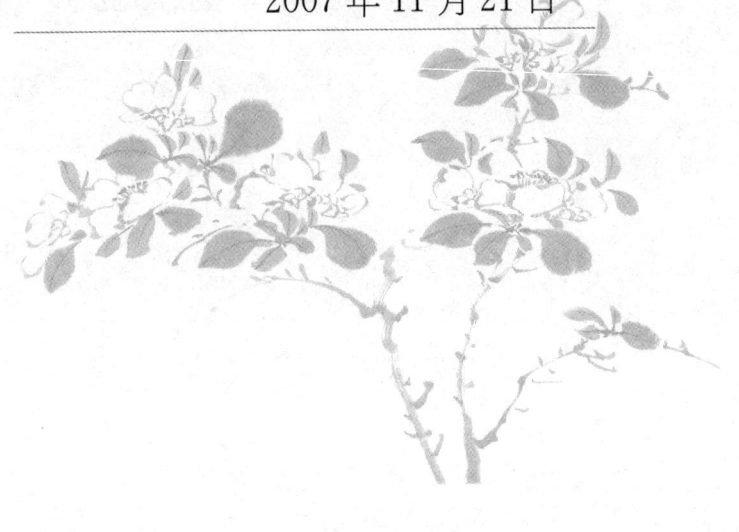

海南龙沐湾叹

乔木玉兰香浸人,平桥银波月映轮。
谁料万年沙荒地,椰风海韵唱新城!

2016 年 1 月 3 日

海南尖峰岭占得

尖峰流云自多情,相即相离千万年。
峰出高天为拢云,云绕尖峰几缠绵。

2016年1月3日

赞赛里木湖

天山顶上一天池,云影流连常相拭。
可怜王母遗宝镜,画眉深浅难自知。
　　　　2015 年 8 月 25 日作
　　　2015 年 9 月 2 日补记

阊门吟

乙未秋,余在苏州邂逅阊门。念及族谱云先祖本苏州阊门人,洪武年间被赶散至江北开荒,一去不还,感慨系之,占得一首。

峨峨阊门郁苍苍,汩汩大河转大江。
江北荒田无人种,洪武一去难返乡。

2015 年 10 月 10 日

题夏塔河石

横看成岭侧成峰,画石原在深涧中。
万里携来常厮磨,犹闻天山水淙淙。

2015年11月12日

霍尔果斯口岸

我住河之东,君住河之西。
天地本无垠,两岸草离离。
牛羊信其步,风马任其意。
人类若大同,何用此樊篱?

2015 年 9 月 2 日补记

那拉提云杉赋

威风凛凛！
高原云杉欲破天。
冰雪压不服,流云常厮摩。
风雨好生长,雷电徒奈何。
夜来缀星辰,昼可数日落。
一生数百年,阅尽牛羊轮回几多多。
人事有代谢,愧与云杉说。

2015 年 9 月 2 日补记

那拉提赴特克斯途中吟

朝辞那拉提,午到特克斯。
野旷草青青,山高云低低。
细雨洗新秋,微风过长溪。
欧亚腹中走,浑然已忘机。

     2015年9月2日补记

喀拉峻小令

雪山、森林、峡谷。

长空、雄鹰、云雾。

草场、牛羊、松鼠。

足蹈手舞,

天涯客,在欢呼。

2015 年 9 月 2 日补记

特克斯河叹

一川翡翠何处来?万年滔滔泽西北。
问渠哪得清如许?天山雪峰把玉裁。

2015年9月2日补记

八卦城感

古有乌孙国,今有八卦城。
细君若再嫁,勿用悲黄鹄。

2015年9月2日补记

昭苏即景

新秋到昭苏,丽日艳如酥。
轻风吐幽兰,巧云织天幕。
四顾皆莽莽,一骑独倏倏。
远山如墨泼,长河似带舞。

2015 年 9 月 2 日补记

夏塔古道

不到夏塔谷，不知取经难。
山高坡陡如壁立，望之使人心生寒。
流激水宽似白练，通天沙河绕山间。
云杉丛中生破石，谁知何时坠深涧？
猿猴且惊走，化身变巉岩。
犬狼哭险途，仰首常啸天。
雪峰突兀挡前路，焉有天梯翻此山！
玄奘东来向西去，何故经此不折返？
神龟砥中流，曾见唐僧气自闲：
佛心在胸何所惧，不到天竺非好汉。

2015 年 9 月 2 日补记

伊犁河

天山之水向西行,滔滔不绝不知停。
伊河逐日如淬火,一片波光一片金。

2015年9月2日补记

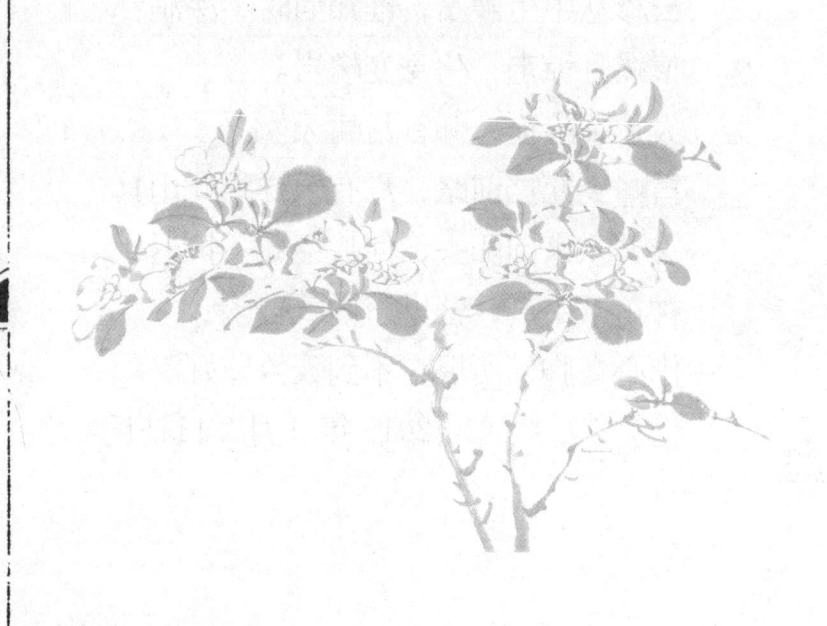

伊犁河谷有感

春花灿烂秋草黄,伊犁河谷花果香。
左公兵锋未到处,后人应念曾侍郎。

2015 年 9 月 2 日补记

伊犁将军府口占

伊犁河长流,惠远城不见。
弱国无外交,念之常揪心。
山川拱手让,诗仙若近邻。
何日还中国?太白醉也醒。

2015年9月2日补记

飞别伊犁

鸟瞰天山万里冰，狐疑沸海一瞬凝。
未从群玉峰头过，太白何能吟此景？

2015 年 9 月 2 日

围场印象

塞罕坝上,木兰场围。
树木丛生,百草丰美。
水何洌洌,山何青翠。
野雉横飞,鹿狍正肥。
凉风送秋,行者忘归。

2011 年 9 月 5 日补记

伤避暑山庄

燕山丛中筑离宫,热河泉边赛江东。
几人识得消夏处,旧朝声声伤心钟。
2011 年 8 月 27 日

锡林郭勒盟纪游

四顾皆莽莽,八荒咸悠悠。
欲穷千里目,何须更上楼?
长调无始终,浅草走马牛。
天地人独立,临风看云流。

2011 年 8 月 18 日

辛卯夏日登翠屏山

雨后青山阵阵香,眼前草木节节长。
蛙鸣不已胜啼鸟,始知春在夏中藏。
2011年6月19日写于揽翠苑

闪游哈尔滨口号

哈尔滨,满语为晒网场之意。中国大街又名中央大街,为俄罗斯移民所建。

北国江城晒网场,百年一瞬见沧桑。
中国大街俄国风,游人可念旧渔娘?
2011 年 6 月 9 日

到呼和诺尔

野旷天低云满地,风过草偃马放蹄。
闻道客从江南来,一饮三杯尽称奇!
　　　　　　　2010 年 7 月 30 日

满洲里问

胡天七月凉如冬,初到边陲恍似梦。
一城三国满洲里,可闻高祖唱大风?

2010 年 7 月 31 日

登台湾

台湾如鸡卵,李敖有笑谈。
宝岛实翡翠,散落大洋间。
九百万年前,海上生惊变。
地壳挤与压,隆起一丘山。
东望太平洋,西守大陆岸。
海峡似天堑,彼此难往还。
久有登岛志,今日梦终圆。
同胞堪豪饮,只喝不吃饭。
主称感情深,举杯一口干。
可惜酒力弱,只怕醉难挽。

2006 年 7 月 25 日

阿里山

车至阿里山,山在缥缈间。
白云如纱拢,行人似神仙。
阿里多神木,年轮逾三千。
讵料遭横祸,倭寇忍伐砍。
专修小铁道,辗转忙运贩。
青山变童山,对此徒汗颜。
飞机播树种,满山长柳杉。
一长七十年,无用只中看。
弱国无外交,草木亦遭难。
念我大中华,何日无人撼?

2006 年 7 月 30 日

日月潭

久闻日月潭,今日得奇观。
湖碧如翡翠,山青天更蓝。
风送薰衣香,呼吸气如兰。
人间有仙境,今觉不虚传。

2006年7月28日

经太鲁阁到花莲

奇幻太鲁阁,峡深谷乃藏。
横穿台湾岛,山高路亦长。
九曲蟠龙处,飞瀑挂山墙。
万年层积岩,无语自承当。
海上有奇观,日出正东方。
云蒸又霞蔚,平生当难忘。

2006 年 7 月 29 日

上卷 行旅足迹

辑二 白发良驹知何在

丁酉秋日谒青岛康南海故居占得

一生功业天下知,但开风气且为师。
衰年竟叹锥难立,长使英雄泪沾衣。

2017 年 10 月 29 日

丁酉生日镇江访梅庵派古琴五柳社

江南霜降不见霜,三秋犹似戴春妆。
南宋瑶琴闻京口,落雁流水长江长。

2017年10月23日

西施山感占

不见西施不见山,西施山侧碑成林。
但夸越王能忍辱,谁人怜取越女心?
2017 年 9 月 30 日游

印山越王陵记

方山似印,凿山为陵。
巨木作棺,撑木作椁。
裹以树皮,夯以木炭。
再填膏泥,乃为坟茔。
厥功其成,积数十年。
允常葬此,以为长眠。
不意失盗,尸骨无存。
今人见此,感慨系之。

2017年10月1日游

丁酉仲秋谒木栅徐渭墓

天才无人识,八试竟不售。
一生多坎坷,九死仍未休。
悲辛出诗人,泼墨写意稠。
衰草侵墓道,秋风过坟丘。
　　　　　　2017 年 10 月 1 日游

丁酉仲秋谒王阳明墓

世间何曾真不朽？古来三立有几人？
无名鲜花供桌上，始信阳明终文成。
2017年10月1日游

丁酉秋谒宋六陵

六陵只剩御茶村,宋元鼎革乱纷纷。
八百年后空怅叹,风水再好墓难寻。
2017 年 10 月 1 日游

丁酉仲秋瞻余姚王守仁故居

早岁久慕王守仁,良知格物作圣人。
越中秋来风景异,五百年后登王门。

2017年10月1日游

丁酉秋到白驹谒施耐庵纪念馆

串场河东范堤西,白驹有幸立施祠。
少读水浒常击节,不知施公近邑里。

2017 年 10 月 11 日

河姆渡纪闻

幼年初闻河姆渡,心驰神往求一顾。
而今终见河姆渡,直叹先民早开悟。
桨划独木舟,干栏榫卯屋。
石器和陶釜,种稻又织布。
悠悠八千载,煌煌文明路。
黄河非独源,东南亦繁庶。

2017 年 10 月 1 日游

谒海门张謇纪念馆

一生功绩千载仰,万民景从百业创。
筚路蓝缕启山林,回眸犹赞状元郎。

2015 年 11 月 5 日

八公山谒刘安墓占得

幼年丧父少年王,淮南养士贻祸殃。
若无豆腐泽后世,求仙不得徒堪伤。

2015年10月4日

寿城叹

楚郢废都湮,南宋旧辙新。
寿春人不已,往来成古今。

2015 年 10 月 3 日

寿县安丰塘口占

平地围芍陂,万顷为泽被。
功在孙叔敖,千年树丰碑。

2015 年 10 月 3 日

谒廉颇墓

一生征战只为赵,魏楚不用廉颇老。
白发良驹知何在?荒冢一堆草没了。

2015 年 10 月 3 日

淝水怀古

投鞭断流又如何？围棋赌墅有奇谋。
一以当十挽狂澜，南渡衣冠幸弭祸。

2015 年 10 月 2 日

谒常州东坡园

东坡不肯去,此邦多君子。
焉知千载后,我见犹怜之。

2015 年 9 月 12 日

丁酉春谒李瑞清先生墓，感其"嚼得菜根，做得大事"占得

梅岭又早春，恭恭谒李君。
花香不忍去，兹兹念菜根。

2017年3月4日

谒富厚堂

青山本无奇,荷田自有香。
曾氏凭三立,筑此富厚堂。
程朱夯基础,申韩试锋芒。
奈何多蹇促,黄老终通畅。
脉脉三千年,文正独煌煌。

2014 年 7 月 24 日

谒昭关伍相祠

端午访昭关,一望吴楚间。
伍相枉白首,未料吴钩寒。

2014年6月2日

访胡适故居拟胡氏"希望"诗

我从山外来，来寻胡适家，
山路十八弯，何处才是它？
青山扑面来，溪流忽上下，
暧暧远人村，粉墙映黛瓦。
其实寻常地，何以出大家！
百思不得解，谁人能回答？

2011 年 5 月 29 日夜

谒独秀园

独秀峰下生仲甫,如磐长夜一旦苏。
举火神州烛生民,惊雷鬼域化陈腐。
结党救亡张赤帜,传檄启蒙任黔徒。
千秋功业难尘掩,一身铁骨雄万古。
　　　2009年10月4日起兴于独秀园
　　　　——10月6日再改于揽翠苑

访阎锡山故居

阎氏故居位于晋中河边镇，占地三万三千平方米。大小院落难尽其数，私塾、家庙、马房、轿厅为常人所无。奢华之居均为阎氏主政山西38年经营所得，因以有感。

阎氏大院三万三，占尽地气背靠山。
重檐叠角不知北，游人初到难知南。
孙文手书赠百川，博爱照壁可曾参。
冯阎联手反蒋氏，蒋氏登门又言欢。
可怜滹沱河边骨，到死不知为哪般。
硝烟未尽烽火起，日寇铁蹄又入关。
朱德挥戈渡河来，一时联手斗敌顽。
兄弟阋墙大势去，匆匆南奔越关山。
台湾岛上日月长，北望长天泪洗面。
一世功业到头空，空留大院后人叹。

2009年7月18日

上卷 行旅足迹

辑三 梁园虽好非吾乡

谒罗丹故居

早岁读罗丹，识美需慧眼。
今日得亲见，大师实不凡。
白玉成少女，美奂让人叹。
惊世有一吻，沉醉似心颤。
美哉思想者，亘古永无眠。
罗丹能造人，天何生罗丹？

2007 年 8 月 18 日

谒毕加索故居述怀

吾非道中人，读画难得真。
大师具只眼，奇思迪后人。
西方贵突破，东方重传承。
文艺复兴后，往往步后尘。
讵料毕加索，一举新乾坤。
抽象又立体，涂鸦却传神。
画塑皆出奇，疑似一狂人。
所幸不寂寞，学步不绝伦。
画风为之改，画史堪专论。
循规蹈矩死，标新立异生。
理浅道不浅，旷代几人存？

2007年8月19日

谒巴尔扎克故居

喜剧在人间,苦写几十春。

妙笔能入木,累卷真等身。

百余人物像,惟肖又传神。

比如葛朗台,隐姓亦指认。

大师名不虚,并肩尚无人。

老宅生光辉,代代泽后生。

2007 年 8 月 18 日

瞻雨果故居

雨果大名垂中西,文豪故居却无奇。
一间旅馆一张床,一支羽笔一桌椅。
巨著迭出悲世界,声明正义动天地。
巴黎有幸留此客,艳都何荣出巨子!

2007 年 8 月 18 日

观巴黎奥塞博物馆

奥塞博物馆,大美堪大观。
展品皆珍品,观者尽得欢。
雕塑善写真,铁石有精神。
王子牵御犬,裸女玉体陈。
巴尔扎克像,巨匠罗丹赠。
绘画贵创新,印象又象征。
马奈画浴女,焉知代代存。
奇画世界源,当面观玉门。
欧洲美术史,灿灿如星辰。

2007 年 8 月 18 日

初到里昂

丽日熏风到里昂,索恩河水泛波光。
机缘巧遇圣母日,商铺歇业少人逛。
高卢雄鸡立楼顶,希腊女神拱门廊。
街心喷泉随风舞,化缘乐队任鼓响。
久闻电影出此乡,卢米埃尔发奇想。
福泽惠及全人类,历史娱乐有影像。
我来寻梦梦难偿,街头漫步自徜徉。
把酒小坐看西景,梁园虽好非故乡。

2007年8月16日

过阿维侬

阿维侬盛产薰衣草,形如松针,花似麦穗。七月盛开,清芬四溢。

丽日寻芳阿维侬,美人香草馥自浓。
遥怜花期花争发,遍野紫光疑入梦。

2007 年 8 月 15 日

加德水道桥

在阿维侬看罗马之水道桥,长如艾菲尔塔高,宽 1.2 米,高 49 米,50 公里外水速仍达每秒 1 米,泽被万民,叹为奇观。

加德水道桥,恺撒时代造。
距今两千年,构思称精妙。
上下三拱道,高可接山坳。
清泉石孔流,万家得水沃。
秦皇筑长城,罗马造拱桥。
中西两文明,源出或异调。

2007 年 8 月 15 日

艾克斯镇备忘

老镇艾克斯,南部法兰西。
左边是马赛,右边是尼斯。
一路山林密,中有葡萄畦。
偶有小麦场,难见牛羊栖。
小镇出塞尚,大名贯中西。
现代派之父,画史有传奇。

2007年8月14日

由卢卡城发车即景

烟雨卢卡城,恍惚江南春。
树密闻犬吠,山远不是云。

2007年8月8日

夜宿比萨卢卡镇，不能深眠，成四句以述游欧心态

走马西洋总添愁，满眼风光不暇收。
常恨旧词难遣意，勉力成诗惹人羞。

2007年8月8日

罗马斗兽场感怀

尼禄奇思建此场,罗马尽欢几欲狂。
王公任兴策肥马,贵妇凭栏坐包厢。
万民惊呼半城动,一声惨叫浑身颤。
可怜人死不用埋,猛狮腹中作坟场。

2004 年 8 月 7 日

罗马闻黄鹂

罗马闻黄鹂,疑是在乡里。
鸟语胜人语,凝神更觉奇。
2007 年 8 月 10 日

赋罗马伞松

头戴绿云冠,干如老龙身。
仙风贯道骨,装点罗马城。

2007 年 8 月 11 日

观柏林墙

久闻柏林墙,今日见真颜。
墙厚仅一砖,水泥铸钢筋。
墙高不及丈,翻身如登天。
墙长百余里,围成西柏林。
区区一樊篱,竟隔五十年。
祸由纳粹起,喋血自报应。
满墙乱涂鸦,几人解悲辛?

2007年8月5日

德国途中感占

德人性默默,盖因多森林。
林深绿如黛,对此自少言。
德人好沉静,又在多草坪。
草浅青似翠,心和气益清。
水土各宜人,习久自成性。
丹纳论不虚,天人理相应。

2007 年 8 月 5 日

走马德累斯顿

静静易北河,无语向北伸。
水尽平畴阔,天蓝日光沉。
德累斯顿人,依水筑其城。
教堂临河立,剧院当街陈。
马道钉青石,老巷闻蹄声。
电车如穿梭,麻雀不怕人。
欧风带草香,啤酒能销魂。
酒杯须押金,对此叹疑深。
相隔五十年,同日不同天。
东西两德国,何时真弥痕?

2007 年 8 月 5 日

柏林酒馆小酌即兴

啤酒德之粹,十觞亦不醉。

细品或牛饮,均有酽之味。

柏林小酒馆,当街凭客憩。

美眉与俊男,含情频举杯。

老者有所思,端坐已忘归。

更有洋阿妹,随夫不觉累。

左手挈幼雏,右手来相陪。

陶陶复陶陶,怡然神仙会。

2007年8月2日

飞抵法兰克福

万里云天一日还，亚东欧西咫尺间。
夸父不死当自愧，何人再说追日难？
　　　　　　　　　2007 年 7 月 30 日

到华沙

四月花树犹凌寒,长明灯火未见残。
曾经干戈积血泪,除却玉帛熬冷战。
自古英雄总悲情,从来草民最难堪。
街市多从劫后出,几人识得旧波兰?

2017年4月10日

丁酉春冰岛行

泰西有小岛,遥遥落北洋。
蕞尔竟夸国,碧海浮玉盘。
亘古不毛地,五顾皆莽莽。
或云到蟾宫,与此无两样。
荒原蕴温泉,一喷数十丈。
飞瀑藏地沟,流激声愈响。
远近多雪山,偶尔有草场。
瘦马风中立,白鹅疑作羊。
小城称首都,麻雀全五脏。
剧院音乐厅,酒店又教堂。
鱼骨由钢塑,游人好照相。

海边小白楼,冷战止攻防。
两日不见日,乱云苍茫茫。
初春尚无春,枝枯草黄黄。
矮松难成林,苔藓满丘岗。
褐石衬白雪,浓淡毋思量。
匆匆岛国行,念念不能忘。
人生但有缘,四海聚一方。
短歌作游记,浅吟权小唱。
白首忆此程,凭君话短长。

2017年4月9日

再游曼哈顿

再游曼哈顿,潮涌哈德逊。
新楼高千尺,旧址埋冤魂。
金元垒帝国,人心却失衡。
当局不知局,霸道终难成。

2011年12月28日补记

冬至夏威夷

冬至夏威夷,阴晴太随意。
乌云日边来,云头雨丝丝。
雨霁双飞虹,七彩贯天地。
椰风送海韵,轻涛似喃呢:
天堂又如何?人间美如斯!

2011年12月25日晨补记

哈佛印象

哈佛大名天下闻，万邦来朝为求真。
红楼幢幢书海舟，白塔熠熠学子魂。
芳草萋萋迎远客，晴空呀呀过雁阵。
行人驻足知会意，诗心一点可通神？

2011 年 12 月 18 日

闪游波士顿

我到波士顿,蓝天生白云。
教堂三合一,高楼似书本。
光阴四百年,奇妙合一瞬。
满街红砖楼,俨然旧时痕。
港湾泊游艇,波光醉游人。
谁念五月花?肇此自由城!

2011 年 12 月 17 日

加州中夜索句所得

一家客三洲,四海通问候。
相思不看月,时差月难求。

2011年12月8日

好莱坞摄影棚惊艳

冬闻栀子淡雅香,疑似佳人戴玉妆。
故乡此物只宜夏,何人携过太平洋?

2011年12月9日

马里兰访友

暮投马里兰，落日故人情。
坡缓遂我心，树高有余荫。
呦呦传鹿鸣，欣欣迎远宾。
昔别君未婚，儿女忽比肩。
焉知三十载，再见繁霜鬓。
开樽红与白，共酌不用请。
玉人弹古筝，水流与云行。
松柏掩华堂，萋萋草如茵。
轻风送馥郁，幽幽沁芳馨。
人生贵适意，此间最可怜。
　　2015 年 5 月 23 日作于纽约。

忆游环球影城

电影梦工厂，环球数影城。
自然不足奇，更美赖人文。
灵动大白鲨，奇绝大地震。
神哉阿波罗，遨游月亮神。
想象之极端，世界之绝尘。
艳艳好莱坞，何日现国门？

2008年5月13日

到阿姆斯特丹

昨日抵荷兰，阿姆斯特丹。
云开见日出，风吹仍觉寒。
先游风车村，古趣成看点。
木屐传神奇，奶酪亦宜啖。
再乘小游艇，观光悠悠然。
老城水环套，四顾皆美景。
花街卖红颜，举世称奇观。
对街弄姿色，开户论价钱。
笑接五色人，合窗即合欢。
教堂当中立，人欲难自掩。
游客四方来，摩踵又接肩。
不知海水高，堤破满城淹。

2008 年 11 月 21 日补记

游爱琴海

爱琴海上坐游艇,风平浪息水如镜。
沙鸥低徊樯桅顶,小岛只生橄榄林。
山水无奇多怪力,乱神有志难救民。
岛国因祸却得福,希腊文明耀千年。
2007 年 8 月作
2008 年 11 月 21 日补记

至雅典

今抵雅典城,即拜宙斯神。
闭门不纳客,怅然徒生恨。
神殿皆废墟,橄林难遮身。
懒犬卧路中,怡然闻鼾声。
店铺多打烊,街头少闲人。
佳丽联翩过,路人暗销魂。
善哉雅典人,悠然过此生。
殊途本同归,何必赶路程?

2007 年 8 月作
2008 年 11 月 21 日补记

佛罗伦萨

佛罗伦萨，走马观花。
午时才到，未时出发。
佛罗伦萨，冠绝天下。
一城多杰，惊掉下巴。
文艺复兴，辈出大家。
但丁神曲，人性升华。
芬奇妙笔，蒙娜丽莎。
米氏大卫，栩栩如画。
伟哉奇哉，佛罗伦萨。
山不在高，地如盆凹。
其貌不扬，其气如霞。
人文曙光，由此萌发。
伟哉奇哉，佛罗伦萨。
千年古城，万古佳话。

2007年8月作
2008年11月21日补记

暮投比萨

暮投比萨城，金光照无尘。
山随平野尽，月依斜塔升。
斜塔本钟楼，座在软基层。
造时即侧斜，所幸却未沉。
名哲伽利略，借此试精诚。
自由落体速，从此有定论。
斜塔得大名，引来天下人。
一年八百万，忙坏比萨城。
可怜斜塔斜，日日苦支撑。
一年一毫米，百年终沉沦。
谁能出良策，扶此斜塔正。
转念又一想，千万别当真。
试问比萨塔，不斜有何神？

2007 年 8 月作

2008 年 11 月 21 日补记

重游威尼斯

我生幸何兹,重游威尼斯。
昔日光满地,今日雨打衣。
水城一如旧,千年称雄奇。
举世独无二,大美谁能比?
街行凤尾船,巷似布迷棋。
隔窗可牵手,过街靠舟济。
店铺如鳞次,小桥如栉比。
左有咖啡屋,右为花玻璃。
教堂圣马可,群鸽啄人肌。
钟楼摩云立,柱顶舞飞狮。
游人如穿梭,触目皆生意。
匆匆不能停,谁能和我诗?
2007 年 8 月作
2008 年 11 月 21 日补记

乍见尼斯

久仰盛名到尼斯,日光如泼海无际。
老妪袒胸听涛涌,小子赤足聚沙器。
白鸥高翔天似碧,棕榈轻摇路太挤。
莫道西国好颜色,大名鼎鼎实平易。

2007 年 8 月作
2008 年 11 月 21 日补记

米兰遇雨

米兰遇冷雨,秋风策蹇驴。
同行胡不归,疑猜费神思。
或云不识途,城中失街衢。
或云被偷盗,寸步亦难举。
或云男女奔,异国求长居。
或云购宝物,不觉过白驹。
车中人焦虑,欲行不行更无据。
明日再勿离,平安归国去。

      2007 年 8 月作
   2008 年 11 月 21 日补记

戛纳电视节

戛纳本小城，临海始有神。
沙细风浪小，波平天难分。
万里生意客，五洲电视人。
视听大杂烩，集市小阳春。
乡音无人会，费猜是洋文。
西妞粲然笑，原是促销人。
2007 年 8 月作

2008 年 11 月 21 日补记

摩纳哥有感

小小摩纳哥,游人实在多。
前脚接后踵,大气不能出。
童山生豪宅,碧海涌清波。
弹丸敢称国,老巷藏娇娥。
人说有天堂,实为销金窟。
大佬联袂来,香车摆满坡。
悠然下赌注,岂顾天主怒。
人生竟如此!不腐当如何?

2007 年 8 月作
2008 年 11 月 21 日补记

步李白韵别新西兰

一日春易秋,南北两半球。
朝辞奥克兰,夜观香江流。
月出机舱外,云下望海楼。
多谢故乡风,万里接飞舟。

2010年8月24日

罗托鲁瓦

罗托鲁瓦（ROTORUA），毛利语意为两湖（ROTO 为湖，RUA 为两），其水分冷热，名为两湖，实为一湖也。热水处多鱼虾，禽鸟乃栖游于此，悠然觅食。

明明一湖水，中分两热流。
禽鸟知冷暖，鱼虾自稀稠。

2010 年 8 月 24 日

罗托鲁瓦杜鹃

罗托鲁瓦杜鹃,源自中国,因水土异而物候新,高过丈,冠如盖,花丛生,一树千朵,好不美哉。

不闻子规啼,只见杜鹃开。
春风似秋风,可从故乡来?

2010 年 8 月 23 日

奥克兰伊甸山口占

伊甸山,因人而名,与伊甸园无涉。高不及百米,形似天坑,为旧火山口也。

天生一个伊甸山,沧海桑田一瞬间。
一斗绿茵铺幽谷,谁人尚记旧熔岩?

2010年8月21日

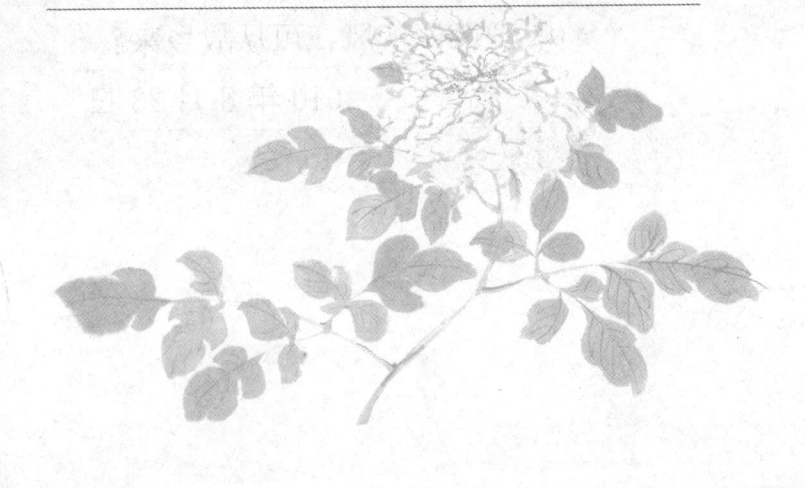

漫步黄金海岸

碧海滔滔洗金沙,云开天青唱昏鸦。
晚歌犹言人当归,身在海角忘天涯。
2010 年 8 月 20 日

游墨尔本得二十韵

久慕墨尔本,今日登此城。
南风起南极,棕榈亦怕冷。
巨榆包铁衣,负鼠叹无能。
楼宇幢幢立,车流不断绳。
歌舞又平升,何人再追问。
库克船队来,岛民可知疼?
土著罹难日,英囚狂欢辰。
少女作标本,澳洲易主人。
教堂插云层,剧院舞女裙。
世道无公理,落后是祸根。

2010 年 8 月 17 日

到悉尼

八月南风尚料峭,冬尽悉尼草未凋。
海天遥遥难辨处,主人指北日已高。

2010 年 8 月 16 日

下卷 岁月感怀

辑一 海棠无香胜有香

春日偶感

晨起登翠屏山，心旷神怡，感怀赋之。

一路蔷薇一路花，满山春鸟满山话。
行人不知惜春意，何事匆匆向山下？

2009年4月28日

甲午岁末立春

五更闻山鸟,雌雄唱声声。
何故忽多情?昨日已立春。

2015 年 2 月 5 日

丙申春初天气骤变占得

远眺乱云天地近,偏看冷雨大小中。
吹尽狂霾好呼吸,从此寒风胜春风。

2016年3月8日

丁酉迎春小唱

左邻梅花香,右舍樱桃开。
春光谁与醉,隔篱取酒来。

2017年3月5日

丁酉春夜偶感

婉转好音黄莺儿,间关花语白头翁。
春夜卧听五更鸟,始信万类色非空。

2017年4月13日

丙申春分阴历十二望月戏题

春分夜月如鸭蛋,挂在中天人倍馋。
小时呼作白玉盘,老来赋此开心颜。

2016年3月20日

丙申春日见香樟花开即兴

香樟花开气如薰,风来风去均宜人。
我欲因之浑欲醉,凭空为何忽思君。

2016 年 4 月 26 日

天净沙　洗月池边

湖清，云白，天蓝。
春风，岸柳，池杉。
水榭空凳谁堪？
野凫戏澜。
微斯人，莫倚栏。

2016 年 5 月 3 日

鹧鸪天　丙申春分惜春

吾家辛夷刚开花，西邻紫荆又露芽。
鹧鸪声声天欲晚，明朝轻雨一地霞。
风细细，柳斜斜，李花飘飘如雪花。
海棠无香胜有香，好过梅花空枝桠。

2016年3月20日

丙申春日沙洲途中占得

江南锦绣地,吴楚雾霾天。
驱车六百里,泼墨一画屏。
浓淡猜远近,呼吸怕深浅。
水清则无鱼,气浑可养人?

2016年3月18日

春鸟

林间闻春鸟,声声催山青。
鸣之犹不足,双双舞翩跹。
侬在玉兰梢,我在梅花巅。
忽而和云翥,惠风共好音。
    2016年3月5日

临江仙　丙申清明

东风吹来花满地，落红疑是胭脂。

豪雨江南水成溪，百川似花蹊，一任群芳栖。

长恨春归无消息，何必匆匆如斯？

百鸟啭嗪轻雷里，斑鸠牵人心，最靓是黄鹂。

2016 年 4 月 2 日

乙未清明归乡途中口占

满眼油菜花,一张大金毯。
清明天已暖,谁言地怕寒?

2015 年 4 月 4 日

甲午清明

青纱游子意,黄花故人情。
乡思满乾坤,人间正清明。

2014年4月6日

甲午乡中清明

绿蛾初展胡桑叶,紫蝶原是豌豆花。
故乡道上车满路,谁家儿女不思家?

2014 年 4 月 6 日

甲午春日口占

春眠不知春,一觉到五更。
五更听春鸟,一唱满山春。

2014年3月12日

山居即景

一塘春水暖,半坡梅花香。
野凫知鱼美,出没隔三丈。

2015年2月21日

乙未清明

清明花正好,风雨任零落。
但云春日美,岂料秋萧瑟!

2015年4月5日

春日口占

买屋南山下,邻家喜种花。
隔篱且馥郁,灼灼满枝桠。

2015 年 3 月 19 日

贺戊子端午

端阳逢盛世,几人怀屈子。
哀期成佳节,谁解其中异?
故楚无是非,新国有福祀。
举粽遥相祝,好运与君依。

2008年6月9日

己丑端阳设问

端午乐何在？诗心为谁开？
国人忙过节，此节谁能解？
春节贵欢聚，清明在寄哀。
中秋忙团圆，重阳宜登台。
端午何所据？思之难释怀。

2009 年 5 月 28 日

贺庚寅端午

田家少闲月,五月人倍忙。
忙中要偷闲,设节在端阳。
端阳当欢聚,饮酒品粽香。
人生宜作乐,且行且尽觞。

2010 年 6 月 15 日

丙申端午回乡有感

端阳不见阳,但觉夏日长。
云垂田野暗,风吹麦草黄。
千门食五红,万户熏艾香。
谁人怜屈子?堪忆汨罗江。

2016年6月9日

丙申立夏即兴

才过清明节,转眼又立夏。
浑沌怕知时,霹雳震落花。
开轩满树空,上阶一地霞。
竹木添晓翠,沾露似雨下。

2016年5月5日

丁酉立夏小唱

桃李开后杜鹃红,禽鸟唱和子规重。
一夜笋露茅竹雨,满园花香蔷薇风。

2017 年 5 月 6 日

丙申苦夏

人非菜和肴，焉能蒸复烤？
指日念后羿，何时去煎熬？
六十昼与夜，暑气始见消。
朔风终南下，所幸尚未老。

2016 年 8 月 27 日

夏令小食

葡萄百合鹰嘴豆,大麦银耳炖一锅。
消夏最是此物好,既当冷饮又当粥。

2016 年 8 月 13 日

贺丁亥中秋

秋风袅袅人依依,月明遥想承天寺。
我寄祝福如满月,随风直落君心底。

2007 年 9 月 25 日

联对贺己丑中秋

月半月圆月有信

福人福天福常盈

2009年10月3日再改于揽翠苑

贺庚寅中秋

佳节重来人倍欢,风雨金陵云满天。
莫叹中秋不见月,只缘清辉在心田。

2010 年 9 月 22 日

辛卯中秋打油

中秋本是寻常日,人间何故短信忙?
只因祝福如满月,不发不行憋得慌。

2011年9月12日

乙未中秋打油

小时不识月,呼作白玉盘。
其实是卫星,时时在云端。
奈何中秋夜,人间齐仰天。
长愿月常圆,夜夜共婵娟。

2015 年 9 月 27 日

丙申中秋台风大雨金陵不见月有感

风急雨骤云满天,举头难觅玉轮影。
幸得中心一片月,朗朗清辉通古今。

2016 年 9 月 15 日

乙未初秋台风后晨兴口占

台风扫却暑气消,秋意顿从双胁生。
但得天天天长好,人间何必再求仙!

2015 年 8 月 11 日

癸巳秋日遇雨

秋桂吐蕊花千万,人间天上谁能辨。
可怜秋雨桂花落,一日香山变秋山。

2013 年 10 月 6 日

夜雨静坐

帘动觉风寒,窗花缘雨裁。
明日望梧桐,落叶满井台。

2015 年 11 月 24 日

乙未秋冬连阴积郁有感

连日阴雨又雾霾,累月湿寒无处排。
花叶凋零不忍看,但问天公几时开?
2015 年 11 月 23 日

天破矣

秋来阴雨不止退,淅淅沥沥心锁眉。
直叹门前桂花落,焉知荚中扁豆霉。
可怜农人尽日愁,只为稻芽半夜催。
何处再得五彩石,且补天漏唤日回。

2016 年 10 月 30 日

丙申末秋，连降豪雨，因以联句问天

从来秋高气爽，何故阴雨绵绵？
恰如黄梅重现，是否春秋倒转？
若说天人感应，究竟祸福相缠？
丙申既已如此，丁酉可能平安？

2016 年 10 月 27 日

丁酉初冬寒潮乍至，彻夜大风，晨兴占得

昨夜朔风气自清，深吸浅呼身益轻。
推窗惊觉梧桐老，一庭落叶不见井。

      2017年11月18日

入冬有感

秋深不言间,朔风作画来。
银杏洒金屑,梧桐覆井台。
天寒禽鸟噤,地冷狸猫乖。
晓看瑟瑟处,湖清水益白。

2017年11月18日

癸巳冬至小唱

今日忽冬至,阳春又催生。
君看梅花萼,含苞已三分。

2013 年 12 月 22 日晨

乙未腊月值雪即景

夜半朔风紧,晓来天地新。
一日方冰冻,三尺已挂檐。
野鸽夺园蔬,家猫讨荤腥。
出门怕泥雪,闭户读诗经。

2016年1月24日

丁酉腊月，四九大雪，夜坐有所思

风卷雪霰天地浑，金陵海陵皆纷纷。
料得双亲家中坐，说着儿女意醇醇。

2018 年 1 月 25 日

甲午腊九和儿

谁家尚有远行人?推窗细看雪纷纷。
遥想苍茫不知处,绝胜风光待攀登。

2015 年 1 月 30 日

贺己丑新岁

庭外绿竹报春光,檐下腊梅送暗香。
山茶待放玉苞满,草地欲青金蔓黄。
忽忽人间辞旧岁,芸芸众生换新装。
劝君得闲多望呆,任我凭空好玄想。

2009 年 1 月 23 日

新年感怀

昼夜接昏晓,四季尽天道。
都云日月长,谁人能再少?
请君试看东流水,一路到海何滔滔。

2010 年 12 月 31 日　写于揽翠苑

贺庚寅新岁

人间换岁谁先知,庭外梅花已上枝。
牛去虎来意何在,莫非肉食代草食?

2010年2月13日

仿李白诗贺壬辰年元宵

风吹梅花朵朵香,五九六九柳芽黄。
人间如期又换岁,短信纷纷故意长。
请君试问今夜月,此情与之谁朗朗?

2011年2月2日

丙申换岁歌

人间换甲子,丙申代乙未。
草浅没羊蹄,林深见猴尾。
春风度玉门,夏雨润地美。
秋来果硕硕,此愿但无违。

2016年2月7日

咏竹

枝叶尽婆娑,劲节向青云。
风来任摇曳,立地自有根。

2016 年 8 月 7 日

咏桂

春夏冬无异,秋来花满枝。
问香何处得?天地有灵气。

2015 年 9 月 19 日

问梅

一树开二花，春风甚惊讶。
何必红与白，焉知有谁夸？

2016 年 2 月 27 日

鹁鸪三章

一

鹁鸪，鹁鸪，明天有雨雾？

鹁鸪鸪，鹁鸪鸪，是霾不是雾。

二

鹁鸪，鹁鸪，你在哪棵树？

鹁鸪鸪，鹁鸪鸪，林深不知处。

三

鹁鸪，鹁鸪，你在叫什么？

鹁鸪鸪，鹁鸪鸪，几多相思苦。

2015年2月9日

腊梅 元旦试笔

此花开后百花开,只为报春不争彩。
幽香浮动摄魂魄,疑是嫦娥月宫来。
2010年1月1日写于揽翠苑

和李亮海棠诗

海棠年年花有信,无限春光惹人怜。
奈何碌碌无已时,辜负春风坐枯井。

2013 年 4 月 2 日

乙未迟桂花

露从夜半寒,蕊向枝头开。
冷香溢空庭,迟桂清吾怀。

2015 年 10 月 9 日

题螺纹铁　别江苏教育台

我来未及腰，我去已过肩。
闻香知馥郁，三度花有信。
感君殷情意，使我常念念。

2015 年 4 月 17 日

晚樱

几年不识晚樱君,误把海棠当替身。
莫怪东风轻吹送,以讹传讹难求真。

2015 年 4 月 14 日

秋葵歌

秋葵生非洲,味美羊角豆。
春来种五棵,从夏吃到秋。

2015 年 10 月 7 日

采椒歌

春种一棵苗,秋收一团火。
养胃又养眼,身心俱快活。
2015 年 10 月 7 日

木棉赞

己丑孟春,余出差南方,见木棉花开,一树火红,远观如炬,心有所感,占得一首。

一树丹心为谁开?春去春来春自在。
红花如焰树如炬,解为春风放异彩。
2009年3月25日于白云机场

乡中见荞麦花开有感

儿时怕吃荞麦面,饱食半日腹中空。
老来却道荞麦好,健脾开胃有奇功。
　　　　　　2015 年 10 月 5 日

海安食鱼

海安蝴蝶鱼,原为滇中食。
慈乌水中游,蝉翼碟上栖。
红白小火锅,辣鲜凭君意。
盛世多美食,南北已无异。

2015年10月5日

紫茉莉

紫茉莉，我的紫茉莉，
你让我在童年已识
黄昏味道。
紫茉莉，我的紫茉莉，
你让我在黄昏又见
童年颜色。

紫茉莉，我的紫茉莉，
你为何总是开在黄昏，
装点了黑夜？
你如何将太阳的艳丽，
酿成了月亮的芬芳？

2016 年 9 月 17 日

咏睡莲

一缸淡水半缸泥,秋光清供最相宜。
夜来每叹花睡去,晨兴却见莲开喜。

2017 年 9 月 17 日

牛首山石蒜花口占

石蒜，俗名龙爪花。又名彼岸花，无情无义花等。

彼岸花开此岸薰，彼岸春秋亦难分。
石蒜不知时令改，误把新秋作阳春。
　　　　　　　　　　2016年9月25日

牛首山见喜鹊口占

小时闻鹊喜,心祈有好事。
一旦有客来,或可见荤食。
少年闻鹊喜,羡其在高枝。
双双鸣巢中,洗羽春风里。
老来闻鹊喜,但喜鹊叽叽。
回首萧瑟处,风息雨亦霁。

2016年3月22日

下卷 岁月感怀

辑二 君子一诺动我怀

读晏明先生画有叹

觅得诗中画,翻作画中诗。
诗画本一家,此言不我欺。
但求画中游,岂敢画中栖。
游栖不可得,毋宁作画痴。

2016 年 8 月 21 日

题陆庆龙先生画

云如远山山似云,雪落斜谷不见人。
此中自有大音在,谁道天地寂无声?

2016 年 8 月 10 日

题刘明泰先生画

山如涛立,浪如山奔。
亦真亦幻,亦幻亦真。
亦驼亦舟,亦舟亦驼。
此岸彼岸,自渡渡人。

2016 年 3 月 22 日

题包信源画

一泓飞瀑云中泻,几片远帆天边来。
春水随意绕山脚,松风从心拂汀台。
矶上山居纵游目,林下方亭更骋怀。
陶令若得此间住,桃花源记当别裁。

2016年2月6日

赠李兵

京华幸识李雪山,开卷触目惊心颜。
神山圣境皆投契,别开皴法新画坛。
2015年12月7日于京西宾馆

读《乡村捕钓》赠刘春龙

新识兴化刘春龙,妙笔生花尽渔工。
乡村捕钓传天下,大名存史何用铜?

2015 年 11 月 27 日

观高建胜画展

丝瓜南瓜比匏瓜,石榴荔枝斗枇杷。
鱼欢鹊喜花压枝,高家笔墨建胜画。

2015年10月30日

陆越子画展赞

三春花鸟犹堪赏,千古文章只自知。
陆公笔下多快意,半是丹青半是诗。

2015年10月9日夜

刘明泰画赞

刘氏山水谁人识？我独爱之不忍释。
庐山前川壶口瀑，太行归雁黄山石。
漓江烟雨半日收，水乡惊鸿一阵起。
一点墨，一盏水，
一支笔，一张纸，
水墨淋漓惊鬼神，山川烟云寄心意。
妙手运腕岂偶得，我师造化画始奇。
此境只应天上有，人间何曾真有之！

2015 年 9 月 23 日

贺佘玉奇《人间至味》画展

吾虽俗中人，性亦爱丘山。
丘山不常得，幸有佘氏展。
胸中块垒不得浇，笔底丘壑万万千。
春深藏柳荫，秋浅傍水湾。
松涛响风雷，流泉吐烟岚。
归鸟恋旧林，远帆泊新岸。
溪山待雪晴，飞瀑挂云端。
旭日临峰天地朗，桃花源里好耕田。
何来神笔写造化？大千尽在一纸间！

2017年岁末改

戏题巩孺萍画

一

推磨磨,拐磨磨,
我跟奶奶学推磨。
磨磨磨白面,
白面做馍馍。

二

水迢迢,山巍巍,
北雁当南归。
云中不见锦书来,
痴人勿忘归。

2015 年 4 月 11 日

长春会友

夏至长春凉风爽,旧松新针送芬芳。
老灶乱炖笨鸡美,大杯一倾洮南香。
半生交谊常念念,明日世事两茫茫。
挥手作别不忍别,别意长过松花江。

2014年6月13日于长春

十年前湘友赠紫苏诗补记

云中谁寄紫苏来?君子一诺动我怀。
潇湘自古多佳话,香草美人惟楚才。

2016 年 1 月 28 日

友人寄茶

玉液琥珀光,盈室焦屑香。
秋雁正南归,红袍已北上。

2011年9月25日

赠友

友人赠大红袍茶,奉答一首

无事曾念友,未渴先思茶。
武夷大红袍,金陵亦披挂。
北地已风雪,南国尚炎夏。
故交岂如水,何日话桑麻?
2009年11月12日晚写于揽翠苑

送友人赴故乡任职

杨柳青青江水平,金陵故人之海陵。
莫道区区州县小,万民事事赖关心。

2008年12月4日

戊子秋，同仁相聚南通占得

人生既苦短，不如秉烛游。
暮辞金陵邑，夜到南通州。
长江鱼既美，黄海味更厚。
举杯何所羡？江海一浮鸥。

2008年10月30日

题青山桥人所摄

天蓝蓝，雪茫茫，天高野旷草黄黄，
日光如泼鸟飞绝，但见两骑立中央。
客从何处来？踟蹰不前向何方？
前路知己知何在，回望来路更迷惘。
天地山湖雪，唯闻马蹄响。
马上客人莫惊慌，此处正是好风光。

悼郭晓峰兄

惊闻噩耗心似锥,同侪零落日相催。
兄今不幸离人世,我有新词可问谁?

2018 年 2 月 2 日

下卷 岁月感怀

辑三 回味愈觉真味在

南京沦陷七十六周年祭

昔年今日,南京城破。
嗟我先辈,亡国为奴。
任尔杀戮,人不如畜。
耳不忍闻,目不忍睹。
岁月如梭,国殇难抚。
振兴中华,尽职匹夫。

2013 年 12 月 13 日

南京陷落八十周年祭

国破山河碎，寇深草木凋。
尸积江断塞，血流杵飘摇。
巷空咽犬哭，枝枯悲鸦号。
往事只堪哀，且祈家邦好。

2017年12月13日

生日打油

甲辰霜降我亦降,转眼丙申天又凉。
人生高铁无回程,凭窗莫错好风光。

2016 年 10 月 23 日

五更辨鸟

山鸟知春早,五更檐下闹。
黄莺鸣翠柳,画眉叫碧桃。
鸲鹆自得意,人言不再效。
鹁鸪声欲雨,喜鹊唱反调。

2016年4月9日

用杜工部韵咏三十年同学会

我生何所幸？今世能同窗。
七人居一室，四年共三光。
先生慰初犊，手低赖眼量。
学诗学做人，人品知短长。
日课不用稿，余唾皆文章。
周访问寒暖，殷殷说贤良。
得鱼不记筌，师恩自难忘。
忽忽三十载，青丝染白霜。
相约再聚首，八方汇一方。
念念在故意，絮絮热中肠。
举杯复举杯，十觞又何妨！
曦园旦复旦，时时相辉堂。

2016年9月9日

丙申端午回乡即景

五月小麦黄,油菜刚入仓。
蚕豆荚又黑,水田待插秧。
白发劳于野,妇孺在一旁。
晨昏不知疲,粽子当干粮。
青壮何处去?打工在他乡。

2016 年 6 月 9 日

邻居赠乌米饭即兴

邻家赠来乌米饭,开锅清香欲垂涎。
青精使我颜色好,更作斋食为佛诞。

2016年5月2日

丁酉孟夏，邻友送枇杷尝鲜占得

东山枇杷种邻西，貌似平平实却奇。
回味愈觉真味在，芳邻甘之亦如饴。

2017年5月20日

早餐记兴

大麦山芋玉米糊,小葱菜油藿香蛋。
信手搛得炖苜蓿,三碗尤觉腹中闲。

2016年5月1日

丙申春初感冒谢诸友

拥被一身汗,见风双腿寒。
鼻塞口难合,唇焦喉易干。
亲友劳相问,感此热中肝。
料峭春风里,慎勿减衣衫。

    2016年3月3日

丙申春初感冒

一嚏气贯顶,双涕泪障眼。
百般防冷热,无奈侵风寒。
或云常感冒,大病不易沾。
焉知伤风小,已然损我颜。

2016年3月2日

世界杯有感

晨昏颠倒看巴西,几人癫狂几人痴?
十四亿人不知愧,竟无一个是男儿!

2014年6月18日

庚寅岁末和李亮

人生如飞蓬,谁能知始终?
凭兄多高义,使我望霄鸿。

2011 年 1 月 1 日

附原诗:岁末赠旭东
你我经年久未逢,才惊相遇已年终。
怜君笑靥初见累,幸我襟袍早识兄。
欠酒千杯孰客主,游湖一棹认旭东。
凭今传信友朋辈,来岁烟花一万重。

癸巳春日与旦旦唱和,被指和诗文酸,颇觉在理

吟诗待教子可倚,人生贵在舒胸臆。
喜看青山重重处,一峰更比一峰奇。

2013 年 3 月 20 日

和旦旦

可怜游子意，白下菊萋萋。
凭空南飞雁，不解莼鲈思。

2013 年 3 月 20 日

附旦旦原诗
菊叶青青草，芦蒿草青青。
梦得江南好，万里更归心。

调寄渔家傲，拟李清照词戏题霾

2015 年 2 月 16 日，友人发来余之旧稿，一时恍惚，竟不知何人所作。后再思量，原是走失的孩子回家了。补记于此，一乐也。

天接暮霭连晓雾，日复一日不知住。
仿佛梦魂归帝都。
闻天语，霾向人间尘无数。
我嗟气浊难吸呼，只盼天高去飞渡。
九万里风扫长途。
风休住，吹尽雾霾好识路。

2013 年 3 月

丙申正月初一乡中有感

家家宝车光照尘,户户斗香烟熏人。
四面新楼住老客,千年炮仗赛雷声。
城乡已失旧乾坤,内外待修新常伦。
何日共建君子国?盛世重塑真精神。

2016年2月8日

在法国尼斯闻沱江大桥垮塌伤亡逾百扼腕切齿

人命贱如土，贪官鄙如鼠。
桥塌人亡去，可闻沱江哭？
谁家无亲人？谁人无眷属？
工程如陷阱，人祸不可恕。
悠悠礼仪邦，堂堂华夏族。
世风何日下，黑金禁不住。
峻法治脏吏，道德化风俗。
真能驱贪腐，民主是正途。

2007年8月13日

自台返宁经停澳门遇台风受阻于机场

风暴雨狂掀恶浪,澳门机场全停航。
归心似箭却无奈,只恨阿扁太荒唐。
绕道回程实堪笑,政客不比黔驴强。
作茧自缚应自愧,人类何能称灵长!

2006 年 6 月 4 日作

2008 年 11 月补记

跋

　　孔子说，不学《诗》，无以言。此之言，既是言说的内容，也是言说的方式。编完这本十年诗存，我觉得可以言了。我的体会是，不学诗，不仅言语乏味，还会言行粗陋。诗不仅关乎说话，而且关乎性情，关乎修养，关乎人生。

　　此生有诗相伴，真好！

　　曾经想以《泥上集》为名，取"泥上偶然留指爪"之意。东坡诗美，常被后世借用，飞鸿雪泥、雪泥鸿爪，耳熟能详。泥上二字，避熟就生，意似语新。正得意处，有朋友说此二字作书名，恐无市场。于是拟为《海棠无香》，取自拙诗"海棠无香胜有香"之句。但反复斟酌,还是欠妥。于是再改为《人生到处》。

还是取意于东坡的那首怀旧诗"人生到处知何似"。此亦可见好诗之魅力,亘古难逾。虽然此名也不会有多少吸睛之处,但毕竟与这本小册子较为契合。

感谢言恭达先生不厌我烦,两次惠题书名,让这本小册子多了一份雅致。

我知道这不是一本畅销书,但芸芸众生,总有同好;茫茫书海,或许邂逅。

期待。

2018 年 7 月 28 日